# A LA VIEILLE ARMÉE.

# LA COLONNE,

## ODE NATIONALE

par

## Jules Ferrand.

> *Il revivra cher* à la France,
> Et mes vers seront oubliés,
> C. DELAVIGNE.

MONTÉLIMAR.
IMPRIMERIE DE A. BOURRON, GRAND'RUE.

1833.

# LA COLONNE.

# LA COLONNE.

Monument surhumain, que dix ans de victoire
Ont bâti d'un ciment fait de bronze et de gloire;
Témoin vivant, laissé par un Géant qui fut....
Comme pour attester au monde qui s'avance,
    Un souvenir immense;
Panthéon de l'honneur; ô Colonne! salut!...

Salut! Avant que l'homme, aurore boréale,
L'Homme-Dieu de son siècle eut formé ta spirale,
Ton airain dispersé grondait à l'étranger;
Organe conjuré de vingt rois de la terre,
    Secondant leur colère,
Il s'avançait vers nous, foudroyant messager.

Il partit.... jeune encor, mais vieux par son génie,
Dont l'éclat fit grandir la France rajeunie,
Mais d'un vaste avenir cachant l'immensité;
Son vol de nos guerriers guida le vol rapide,
　　Et son glaive intrépide
Leur ouvrit un chemin à l'immortalité.

Ici, nouveau Titan, enfanté par la guerre,
Ébranlant d'un effort les trônes de la terre,
Il soulevait leur masse et puis les enlaçait.
Puis, pour escalader à la grandeur suprême,
　　Se dressant sur lui-même,
L'un sur l'autre à plaisir son bras les entassait.

Là, colosse mouvant, de l'un à l'autre pôle,
Un pied sur Austerlitz et l'autre sur Arcole;
Il embrassait le monde en son vaste contour,
Et debout dans la nue où dominait sa tête,
　　Il voyait de ce faîte
Les rois qu'il combattait succomber tour à tour.

Et lorsque sur son char traîné par ces rois même,
Ployant sous les drapeaux l'or et leur diadème,
Il revint empereur et chargé de fleurons ;
Lorsque, dans cent tournois, sa valeur souveraine
Eut moissonné sans peine
Des sceptres, des lauriers, des fleurs et des canons ;

Fixant de son essor la halte sur son trône,
Il voulut avec eux bâtir une Colonne,
Une histoire en airain léguée à l'avenir,
Où les regards du temps, passant, passant sur elle,
Sur sa face immortelle
Pourraient de tant d'exploits lire le souvenir.

Que fit-il?... En ciment il broya ses conquêtes,
Il mêla de vingt rois les dépouilles muettes
Aux bronzes de Wagram, d'Arcole et d'Iéna,
Et puis d'un tel ciment, qu'humecta la victoire,
Qu'il durcit de sa gloire,
Il forma la Colonne, et puis il l'éleva.

Oh ! quand tu fus debout, Colonne surhumaine !
Rome antique gémit dans sa tombe romaine ;
A ton éclat l'Égypte eut peine à prêter foi,
Les ombres dont les mains ont fait ses Pyramides,
S'éveillèrent avides,
Et, pour te contempler, vinrent planer sur toi.

Tu vis, tu vis alors nos soldats gigantesques,
Aux cœurs toujours français, aux mœurs chevaleresques,
Aiglons, suivre leur aigle aux plaines de l'honneur ;
Tu vis les rois vaincus qu'il serrait sous sa serre,
Aux cris de : Guerre ! guerre !
Réunir leurs canons pour dompter sa valeur.

Tu les vis, ô revers ! sur des rives brumeuses,
Mourans, glacés de froid, de leurs voix douloureuses,
Attendrir des déserts le solitaire écho...
Et puis, devant l'Europe et ses foudres terribles,
En lions invincibles,
Tomber encor sans peur aux champs de Waterloo...

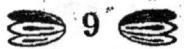 

On dit que dans ces jours de tumulte et de larmes,
Ta tête aérienne, émue au cri des armes,
Fixa sur l'étranger un regard attentif....
Et qu'en voyant meurtrir le drapeau tricolore,
　　　On entendit encore
Ton bronze murmurer un bruit sourd et plaintif...

Souvenirs désastreux! nouveaux jours de Pharsale!
O Colonne! tu vis, campant sous ta spirale,
Le coursier ennemi fouler l'aigle invaincu.
Oh! quand sur ton parvis il soufflait la tempête,
　　　Pour foudroyer sa tête,
En canons foudroyans que ne te changeais-tu!!!

Il abattit son trône et brisa son image,
Qui semblait en tombant insulter à sa rage;
Mais il n'osa flétrir ta majesté d'airain,
Car de tes vieux guerriers les ombres menaçantes,
　　　Près d'elle, alors errantes,
Étaient là... pour lutter... debout, le glaive en main...

Et les débris vivans de sa grandeur mobile,
Vétérans malheureux, allaient au Champ-d'Asile,
Dévorant, dans l'exil, le pain de la pitié...
La paix avait proscrit ces enfans de Bellone,
        Mais ta face, ô Colonne !
Servit de Champ-d'Asile au proscrit oublié...

Et lui... sur un rocher, seul, au milieu de l'onde,
Après avoir joué, gagné, perdu le monde,
Fatigué le destin par son lointain essor,
Il périt... ne laissant, pour unique héritage,
        Qu'une gloire en veuvage
Et ton beau monument qui le déplore encor...

O Colonne ! quel deuil !... À cette heure dernière
Qui de ton créateur termina la carrière,
Ton airain agité tressaillit de douleurs...
Et les regards des preux, qu'il grava sur ta face,
        Oubliant leur audace,
Parurent s'attendrir et répandre des pleurs...

Depuis lors, sa grande ombre, abandonnant sa rive,
Autour de toi souvent vient soupirer plaintive,
Et de la France encor planer sur le vaisseau.
Quand brilla de Juillet l'aurore triomphale,
Au bout de ta spirale
On dit qu'on l'aperçut agitant un drapeau...

Salut, ô liberté!!.. Colonne, vois encore
Luire sur ton airain le soleil tricolore;
Son éclat t'a rendu ta première splendeur.
Oh! que n'a-t-il vécu dans ces jours de victoire!
En revoyant ta gloire,
Du moins.... il serait mort en rêvant le bonheur.

Si son fils..... Mais son fils, rejeton d'espérance,
Qu'un souffle politique a glacé dès l'enfance,
S'est fané sur sa tige encore à son matin...
En le suivant de l'œil à son dernier asile,
La royauté tranquille
Mêla des pleurs de joie au glas sourd de l'airain.

Et ses vieux compagnons?... quittant le Champ-d'Asile,
Pressant leur vieil emblême en souvenirs fertile,
Ils sont venus s'asseoir au banquet des Trois-Jours..
Que leur a-t-on donné pour nourrir leur misère?..
Une larme éphémère...
Mais pas même l'obole et le pain du secours....

Silence!... la voilà !... salut à son image !...
Debout sur ton airain, le front dans le nuage,
Elle vient protéger le destin des Français.
O Colonne! souris!... Peuple, ami de sa gloire,
Martyrs de la victoire,
Ombres de Waterloo, vétérans... avancez!...

Avancez!... la voilà !... sa majesté muette,
Comme au soir fortuné d'une grande conquête,
Semble encor vous sourire et remuer vos cœurs...
Oh! si pour vos exploits on vous plaint une aumône,
Héros de la Colonne !
Regardez votre père... et montrez-lui vos pleurs...

Français ! de sa spirale il vous contemple encore.
Qu'au souvenir fêté de votre jeune aurore
Se mêle un souvenir de vos jours d'autrefois !
Leur éclat fut si beau !!! Français! à votre fête,
    Puisse-t-il de ce faîte,
Présider à jamais, même en dépit des rois !

Puisse à votre abandon son image sensible,
Attendrissant pour vous un pouvoir inflexible,
Vétérans ! de vos maux vous obtenir le prix !
Puisse de son aspect la puissante influence
    Avancer pour la France
Cet avenir prospère à son réveil promis !

Quoi ! toujours des soupirs ?.. Quelle larme soudaine
Brille en vos yeux, fixés sur une île lointaine,
Et que me montrez-vous ? répondez... — « Son cercueil ! »
Pleurez !.. de ce cercueil que l'Océan dévore,
    La France est veuve encore,
Et semble l'oublier sur son aride écueil !...

Si jamais nos guerriers, qu'il dota de sa gloire,
Pour consoler son ombre et venger sa mémoire,
A son rocher désert l'arrachaient en vainqueurs;
Oh! devant la Colonne où plane son génie,
    Sur sa dépouille amie
Le peuple, en s'inclinant, déposerait des fleurs!

Là... conduisant son fils, dans ces beaux jours de fêtes,
Le soldat pèlerin, blanchi par ses conquêtes,
Viendrait sourire alors à ses mânes chéris,
Saluer son cercueil avec ses vieilles armes,
Et le montrant du doigt, en versant quelques larmes...
    « C'est lui!!!... regarde-le, mon fils!...

» Oui, le voilà! c'est lui! c'est cet homme intrépide
» Qui moissonnait les rois sous son glaive rapide;
» Lui, dont le sol français reflêta la splendeur;
» Lui, qui mourut proscrit sur un roc solitaire,
» Et c'est lui qui plaça sur le sein de ton père
    » Cette étoile au ruban d'honneur!

» Vois-tu cette Colonne où sa main valeureuse
» Grava de nos exploits l'histoire aventureuse?
» Vois-tu, sur son airain, ces canons, ces guerriers?
» Ici... je combattis avec sa grande-armée;
» Là... le soir d'un beau jour, sa gloire bien-aimée
   » Nous couronna de ses lauriers...

» Ce socle, de sa tombe aujourd'hui légataire,
» Sous son aigle jadis fut le dépositaire
» Des clefs de la victoire et des sceptres des rois...
» Quand, sur la trahison étayant sa faiblesse,
» L'étranger en tremblant voulut rompre sa laisse,
   » Il vint là... mais deux seules fois....

» Qu'il revienne !!! ô mon fils ! malgré ma main débile,
» A servir mon pays j'irais encor docile,
» Défendre la Colonne, ou mourir au combat;
» Et jaloux de ses droits, ainsi que ton vieux père,
» Pour arrêter l'orgueil d'une ligue étrangère,
   » Tout Français deviendrait soldat. »